這 本 書 的 主 人 是 ：

豬豬

巴戈狗 豬豬

獻給爸媽，

還有我們全部的小狗。

文、圖／艾倫・布雷比 ｜ 譯／黃筱茵 ｜ 主編／胡琇雅 ｜ 美術編輯／李宜芝

董事長／趙政岷 ｜ 編輯總監／梁芳春

出版者／時報文化出版企業股份有限公司

108019台北市和平西路三段240號七樓

發行專線／（02）2306-6842

讀者服務專線／0800-231-705、（02）2304-7103

讀者服務傳真／（02）2304-6858

郵撥／1934-4724時報文化出版公司

信箱／10899臺北華江橋郵局第99信箱　統一編號／01405937

copyright © 2017 by China Times Publishing Company

時報悅讀網／www.readingtimes.com.tw

電子郵件信箱／ctliving@readingtimes.com.tw

法律顧問／理律法律事務所 陳長文律師、李念祖律師

Printed in Taiwan

初版一刷／2017年2月3日

初版十一刷／2022年12月6日

巴戈狗 豬豬

圖 & 文｜艾倫・布雷比 Aaron Blabey

譯｜黃筱茵

巴ㄅㄚ 戈ㄍㄜ 狗ㄍㄡ 豬ㄓㄨ 豬ㄓㄨ
我ㄨㄛ 不ㄅㄨ 得ㄉㄜ 不ㄅㄨ 說ㄕㄨㄛ
貪ㄊㄢ 心ㄒㄧㄣ 又ㄧㄡ 自ㄗ 私ㄙ
所ㄙㄨㄛ 有ㄧㄡ 事ㄕ 都ㄉㄡ 是ㄕ 。

都是我的

他和臘腸狗崔崔
住在公寓裡，
豬豬對他好嗎？
讓我告訴你吧 —— 才**不好**哩！

「 你有很多好玩具呢 。」
可憐的崔崔這樣說。

豬豬只會發脾氣，
「全部都是我的！快走開！」

「可是如果我們一起玩……」
崔崔對豬豬說
「一定更好玩！」

這個嚇……豬豬彈彈自己的耳朵

「不，是我的玩具！

你聾了嗎？我一個人的！

快把爪子移開，

你這隻香腸豬！

你的把戲我一清二楚，

你要我分享！

我才不要！

不要不要，發誓不要！」

話一說完，他立刻收拾自己的東西。

費ㄈㄟˋ盡ㄐㄧㄣˋ九ㄐㄧㄡˇ牛ㄋㄧㄡˊ二ㄦˋ虎ㄏㄨˇ之ㄓ力ㄌㄧˋ，堆ㄉㄨㄟ成ㄔㄥˊ好ㄏㄠˇ大ㄉㄚˋ一ㄧˋ堆ㄉㄨㄟ。

堆成高高一堆以後，
他露出微笑，
從高處大叫。

「看！」豬豬大喊。
「這下子你拿不到我的戰利品了！
是我的！我的！我的！我的！
你為什麼不趕快閃開？！」

就在這個時候，

可憐的崔崔早就看見，

這堆東西搖搖晃晃。

唉喲我的老天。

「小心！」好崔崔大叫。

可惜的是……

這個嘛，豬又不會飛。

現在日子變得不同，
我很開心的說。
一切都不同，
所有事都是。

沒錯，豬豬現在會分享玩具了，
崔崔變成他的朋友。
他們兩個一起玩⋯⋯

······ 反ㄈㄢˇ正ㄓㄥˋ豬ㄓㄨ豬ㄓㄨ還ㄏㄞˊ沒ㄇㄟˊ康ㄎㄤ復ㄈㄨˋ。